"«Infatti i miei pensieri non sono i vostri pensieri,
né le vostre vie sono le mie vie»,
dice il SIGNORE." Isaia 55:8

giulio@credazzi.com
www.libro.it

Lo trovi su:
www.Amazon.it
Stampa - Kindle - eBook

Ai miei Amici,

Con ringraziamento per il grandissimo affetto che ricevo ogni giorno, per l'aiuto pratico e anche morale che senza esitazione mi è dato.

Sommario

Diario anni 1959-20XX

Anche se oggi la condizione della Malattia di Parkinson (MdP) mi sembra perpetua, non è sempre stato così, per decenni non ho conosciuto ospedali, medicine, neanche aspirine o mal di testa, qualche infortunio che da piccolo spariva con la Vegetallumina e da adulto col Voltaren.

Ho sempre visto il lato più favorevole della vita, pensavo che avrei vissuto come mia madre, mia nonna o mio nonno materni, senza troppi acciacchi, lucidi e longevi, piuttosto che il lato di mio padre morto a 47 anni, mio nonno paterno e i miei zii morti tutti prima dei 70 anni. Non avrei mai immaginato di diventare una persona "malata" di una patologia subdola e molto difficile da gestire e conviverci come la MdP.

Nasco nel 1959 a Roma dalle parti di viale medaglie d'oro in via Luigi Rizzo pare sia caduto da piccolo perché ho trovato una radiografia del 25 giugno 1959 ed io sono nato il 22 chissà cosa è successo, che ci sia un nesso? (con cosa?)

1960 la mia famiglia si trasferisce a Talenti (Roma Nord) allora non era segnato neanche sulla carta,

1965 ho frequentato le elementari alla Buenos Aires che ora si chiama Fucini.

1970 le medie alla Barrili che ora si chiama Angiolieri.

Nel 1973 poco prima dell'esame di 3^ media, muore mio padre, Gianfranco, di Leucemia acuta tracciando un segno indelebile nel piccolo cuore di adolescente.

1973 Alle superiori sono andato all'Itis 14º che ora si chiama Pacinotti,

Ho iniziato la mia esperienza informatica sui pc IBM che ora si chiamano Lenovo.

Un concetto che ho acquisito vivendo questa vita è che tutto cambia.

Mi iscrivo a Ingegneria, ma mia madre mi fa subito capire che non ci sono i soldi per finanziare i miei studi.

Parlo italiano, francese, inglese e una spruzzata di Turco.

Giocavo benino a calcio e a tennis, sono cresciuto dentro il tennis Club Nomentano raggiungendo una discreta classifica nel tennis, il primo mestiere che ho fatto è stato incordatore di racchette, poi ho aiutato i maestri del Circolo nella scuola tennis, il tennis è andato a farsi benedire quando nel

1980 sono partito come ufficiale della Folgore. Non mi sono raffermato nonostante mi avessero chiesto di farlo, quando sei giovane e il congedo arriva in estate difficilmente penserai di raffermarti, inoltre pensavo che con la guerra fredda non ci sarebbero state più guerre, anche se non si prospettava alcun lavoro se non quello di maestro di tennis, se mi fossi raffermato a quest'ora sarei andato in pensione con i gradi da colonnello o generale, sta di fatto che nel

1981 mi congedo con una ventina di lanci militari e una manciata di lanci civili.

Dopo l'esperienza nella Folgore emigro in Inghilterra a Londra per imparare l'inglese, continuo a saltare dagli aerei a Ashford, il mio primo lavoro è fare il cameriere ai banchetti del Savoy perché così devo solo servire, senza parlare, visto che non capisco e non parlo quasi per niente l'Inglese, nel frattempo lo zio Gustavo aveva un cugino direttore della Banca Commerciale il quale mi invitò a cena per investigare cosa facessi a Londra, mio zio si preoccupava che non facessi casini, così mi sono ritrovato a lavorare presso la Comit di Gresham Street, dove sono rimasto per un annetto abbondante, sempre perché quando sei giovane non sei presuntuoso e sei un sacco sveglio, non sono andato a lavorare nella sala cambi dove era previsto che andassi a finire dall'ufficio dei conti nostri dove allora mi trovavo.

La sala cambi avrebbe aperto nuove prospettive di esperienze e di guadagno ma la proposta di un amico che produceva e vendeva mobili italiani a clienti prevalentemente arabi in Inghilterra mi sembrava più allettante, perché avrei percepito una percentuale su numeri apparentemente grandi, nella sostanza però, guadagni zero, il lavoro si rivelò un flop, quindi dopo pochi mesi attraverso un'agenzia di lavoro interinale tornai a lavorare in una banca, la Mitsui Bank e lì rimasi poche settimane, non si parlava con i colleghi, ero controllato con le videocamere in stanza, tutto era in Giapponese tranne i tabulati che dovevo controllare, possibilità di crescita zero. Lascio la Mitsui per entrare nella banca austriaca Creditanstalt Bankverein, dove rimango fino al 1986, mi fidanzo con una bella ragazza di Roma per la quale ritorno, per poi cessare il rapporto dopo poco.

Lavoro a Roma come consulente informatico freelance, lavoro 15 ore a settimana e guadagno tre milioni e mezzo al mese, mi sembra di volare grazie alla legge Visentini che lascia tutta l'Iva in tasca alle aziende. Gioco a tennis tutti i giorni e torno ad avere un buon livello di gioco.

1989 entro in J.soft prima come dipendente poi come Agente, mi sposo, contribuisco allo sviluppo del mercato del Software professionale nella zona centro-sud Italia per l'azienda che insieme alla EIS ha il monopolio del mercato del Software applicativo, Microsoft mi offre un lavoro quando sono ancora solo 3 in Italia, Windows è ancora a livello sperimentale, rifiuto per non abbandonare l'attività di agenzia che però cessa nel

1993 per avviare un'attività tecnico commerciale in campo informatico.

Nel 1996 nasce mia figlia, bravissima disegnatrice fantasy e fumetti.

Nel 2007 fondo con altri colleghi di zona l'Associazione Commercio, un gruppo di 450 aziende di Roma Nord, anticipiamo l'arrivo della grande crisi delle piccole imprese,

nel 2008 esce il libro" da quota 33 a El Alamein"

nel 2209 esce "I Rami teneri hanno le foglie"

nel2013 elaboriamo una strategia per l'eliminazione del Debito Pubblico, che cade nel vuoto. Se allora ci avessero dato retta adesso il nostro debito sarebbe a 1400 mld e l'Italia avrebbe avuto 200 mld di liquidità per investimenti ogni anno.

Realizziamo la testata "Quadrante Nord Est" della quale Zio Gustavo è il direttore.

Nel 2013 esco di casa dopo essere stato separato in casa per anni.

2014 Vivo fra Roma e Londra.

2015 esce il libro 100 pagine, una raccolta di 50 racconti, riscuote un discreto successo, non al livello di "Da Quota 33 a El Alamein" molto apprezzato, grazie a Facebook e Amazon dagli ex commilitoni Parà. Ho un incidente con la mia Yamaha TDM 850, mi rompo due metatarsi e il malleolo del piede destro.

2017 Mia madre va col Signore.

2018 Trascino il piede e muovo male il braccio sinistro, inizio dei controlli neurologici.

2019 mi è diagnosticato il Morbo di Parkinson. Seguo la cura di attività fisica e Levodopa, faccio una gran fatica.

2020 mi ammalo con il COVID così sono costretto a rimanere a casa in quarantena ad impaginare "Gli Zollari", la storia della mia famiglia paterna, dopo 21 giorni il tampone sierologico è negativo, si ricomincia.

2021 pubblico 100 Pagine edizione 2022 e aggiorno e ripubblico "amico Silenzioso" 14 domande a Dio e le sue risposte. Nel Mese di Maggio muore mia sorella.

2022 Lavoro su 3 libri: "100 Pagine ROMA Il ruolo di Roma nel contesto delle profezie della Bibbia rispetto a Israele e alle Nazioni"
"100 Pagine La forza della Musica". "La Contesa".
Acquisisco il dispositivo "Gondola" che agevola la deambulazione per i malati di Parkinson.
Chiudo Partita IVA e l'attività ormai impossibile da porta avanti.

2023 Faccio i controlli e intraprendo il percorso per fare la DBS.

Introduzione

Fra queste pagine si raccontano, narrano, descrivono, emozioni, sensazioni ed esperienze legate a una patologia abbastanza diffusa in Italia e nel mondo, molto invalidante, che per caratteristiche e dinamica della sua evoluzione ha molti aspetti in comune con altre patologie neurologiche. Che per ora inspiegabilmente colpisce uomini e donne sempre più giovani.

Bisogna dire che qualsiasi patologia grave e invalidante porta ogni persona che ne è colpita a fare gli stessi ragionamenti; perché proprio a me? Perché adesso? Quale futuro mi aspetta? Esiste una via d'uscita? Come mi sto relazionando con gli altri? Si nota la mia malattia? Devo parlarne? Faccio pena al prossimo? Questo problema fisico deriva dalla mia patologia o è un qualcosa comunque dovuto all'età? Perché mi vergogno?

E' normale essere affaticato sul cinque pari al terzo set? Scherzo ovviamente, per chi ha sempre praticato sport e impostato la propria vita con una forte componente sportiva e competitiva, come nel mio caso, si trova ad affrontare un'altra frustrazione, rispetto alla vita di tutti i giorni; non essere più competitivo a livello agonistico.

Tanto che mi sono stampato una maglietta ironica sul mio handicap con la quale invito a non farmi smorzate a Padel.

Prima di essere affetto dalla Malattia di Parkinson (MdP) ero sano, chiaramente, prendevo per scontato tante cose nella vita, che ora mi sembrano insuperabili, che semplicemente non mi sento più di fare, che talvolta mi sono veramente difficili come ad esempio alzarmi dalla sedia dopo un tempo prolungato.

SOSTIENI LA RICERCA SUL PARKINSON

HO LA 104

NIENTE SMORZATE

Realizzazione grafica Eleonora Credazzi

Non nego di aver pensato, a volte, di farla finita per abbreviare la sofferenza, per riposare, per non combattere più, al tempo stesso mi rendo conto del fatto che ogni condizione fisica offre delle opportunità che bisogna cogliere, non saranno loro a venirci a cercare.

Queste righe insegnano ad apprezzare ciò che si ha. Se prese nel verso giusto, consentono di apprezzare il dono di essere sani, alla luce di quanto sto vivendo capirai che è importante apprezzare il fatto di poter correre, deglutire, mangiare a piacere, dormire come e quanto vuoi, apprezzando perfino la facoltà di poterti girare liberamente nel letto, ho messo delle funi attorno al letto per alzarmi e dispongo i piedi per ottimizzare la leva.

Il mio non è un invito a godere rispetto alla mia sventura, sarebbe un paradosso, però, se la mia testimonianza può indurre il lettore ad apprezzare ciò di cui gode, attribuendo il giusto valore alla vita, alle capacità e le facoltà fisiche di cui dispone, senza dover sperimentare un'esperienza simile alla mia, tanto di guadagnato.

Questo è un buon contributo a chi mi circonda e sarebbe un mettere a frutto in una direzione positiva qualcosa che oggi appare essere una disgrazia.

Adesso, ormai, come dice il mio amico Riccardo del circolo Sportivo dove sono cresciuto, "sono diventato trasparente" dal punto di vista dell'attrazione fisica, se poi ci mettiamo l'handicap fisico per uno che è cresciuto sentendosi dire: "sei bello come er sole" è sicuramente un colpo duro da accettare, me ne farò una ragione.

E' giunto il momento di digerire, di metabolizzare, questa nuova condizione umana, da credente, nato di nuovo in Cristo nel lontano 26/1/1983 anche se oggi non riesco a capire completamente questo “dono” del Signore, so che alla fine il risultato finale sarà positivo.

Se non l’avessi capito, direi che la MdP sancisce il fatto che gli anni migliori sono alle spalle, inoltre ho la sensazione che in fondo la vita sia sempre stata caratterizzata dalla MdP, come quando si andava a scuola, conoscevamo solo quella condizione, o ancora sotto il militare avevamo la sensazione di essere sempre stati soldati.

La vita finora è stata una volata, penso alle cose che ho fatto, al fatto che non prendessi neanche un’aspirina, non sapevo cosa fossero gli ospedali. Ora mi ritrovo ultra sessantenne con uno spirito da ragazzo, pieno di aspettative nonostante una patologia che reputo un incidente di percorso, ma che in fondo non era rivolta a me, non doveva colpire me.

Ci dev’essere un errore, alla fine, com’è sempre stato ne uscirò fuori. La consapevolezza della vita eterna in Cristo in effetti permea ogni riflessione in ambito esistenziale pertanto ogni circolo vizioso mentale che m’incastra verso destinazioni depressive, alla fine si sgretola attraverso la fede.

Il tenore di ciò che scrivo è talvolta malinconico, attinge a stati d’animo tristi o solitari, non vuole assolutamente opprimere o deprimere, poiché è importante tener conto del fatto che tutto questo è necessario per vivere anche emotivamente delle situazioni vere, per chi scrive spesso la tristezza è il carburante che alimenta i pensieri e spinge lo scorrere della penna sul foglio, non bisogna aver paura del dolore, della solitudine, della tristezza, ma usiamo tutto come propellente per fare cose, per amare, per agire.

Potremmo dire che un veliero è come una voce narrante, con le sue vele aperte riceve un vento gagliardo che trova la sua forza nel dolore, nella tristezza e nella sofferenza, senza questa spinta emotiva il veliero resta fermo.

Se la MdP fosse un'esperienza da sballo probabilmente non ci sarebbe molto da scrivere, invece è una lotta quotidiana a livello fisico e mentale.

Nessuno ha mai potuto scrivere che dalla MdP si guarisce.

Ho comprato una bella penna.

2018

Già l'anno prima e quello ancora prima, il 2016, c'erano dei segnali riguardanti un rallentamento dei movimenti, stitichezza, una riduzione dell'olfatto e una riduzione di scioltezza nell'esecuzione dei movimenti automatici, nonché un costante e persistente e ricorrente mal di schiena, tale che ricordo nitidamente il mio sdraiarmi di schiena sul pavimento del salotto di casa o della camera da letto della mia compagna a Londra.

Talvolta i pensieri erano rallentati, come intorbiditi e ricordo come una sensazione d'angoscia, non giustificata, che mi avvolgeva, simile alla sensazione che può avere un bambino che sente il bisogno di piangere, sensazione che ho conosciuto molto meglio dopo, quando la MdP si è conclamata e ho conosciuto a fondo la sensazione della mancanza di dopamina.

- Nel Luglio 2018 scrivevo sui miei appunti quotidiani:

La nuova casa è inaugurata, mi alzo la mattina e faccio il bagno in piscina e poi lavoro, torno a pranzo per bagnetto in piscina, poi in negozio e sera di nuovo bagno anche se è tardi.

È tutto molto bello e divertente, posso giocare facilmente a tennis e qualche volta a padel.

Non capisco però perché mi sono rallentato ho come la sensazione di essere scarico, depresso, mi sembra di girare a vuoto senza raggiungere alcun obiettivo.

Semino ma non raccolgo, scrivo bei libri ma non sfondo, evidentemente ciò che scrivo è bello ma non vale commercialmente.

- Nel Settembre 2018 scrivevo:

Ho paura di avere qualche male, mi trema la mano sinistra, trascino il piede sinistro.

Lei è lontana.

Mi fa male la schiena e cammino male, sembro un vecchio, anche se tutti mi fanno i complimenti per la forma fisica, semino ma non cresce nulla, gioco ma non vinco, non parlo del Padel dove spesso faccio neri gli avversari

Se non avessi la vita eterna non so…

Dormo con Lei, dormire abbracciati mi aiuta a vivere e sognare

- Nel Novembre 2018 scrivevo:

Signore ti prego affinché la mia attività fisica riesca a riabilitarmi, riprendendo la normalità dei movimenti e del modo di camminare, ti prego affinchè non abbia alcuna patologia grave come il Parkinson o un Ictus.

- Sempre nel Novembre 2018:

esattamente il 19, durante l'ultimo soggiorno a Londra da fidanzati, terminava per volontà di "lei" il nostro rapporto, cosa che mi provocava grandissima sofferenza proprio nel momento più difficile della vita.

Le sue ultime parole suonavano come un'insofferenza al mio rallentamento con una neanche tanto sottile accusa i essermi "acconciato", ovvero adagiato su una situazione di comodo.

Ovviamente non aveva capito niente, avendo valutato probabilmente la situazione superficialmente e penso che anch'io fossi abbastanza confuso, incapace di comprendere a fondo la situazione. Se ripenso a quei giorni mi appaiono sfuggenti, nebbiosi, simili alle cadute in cui ti ritrovi per terra senza sapere come.

La chiusura del rapporto appariva repentina definitiva, irrevocabile, quasi un'urgenza a fuggirne via.

- Nel Dicembre 2018 scrivevo:

Per ora prego affinché non sia angosciato, per la fine del rapporto, che mi ha causato un dispiacere immenso, appesantito dall'indifferenza. Ti prego per la mia schiena, per la lentezza nei movimenti, per l'ansia verso il lavoro, la società in generale e il futuro.

A quattro anni di distanza da allora, mentre scrivo, tanti giorni sono passati, tante cose sono cambiate, tante difficoltà sono state affrontate e sono ancora qui, fiducioso che qualcosa di positivo avvenga.

Se avessi dato retta agli umori di questi anni mi avrebbero sepolto svariate volte.

Occupazione straniera

Ti sei insediato silenziosamente prima la postura della mano poi il passo rallentato un po' trascinato, ogni tanto innesti la "modalità robot" sembra che per fare i movimenti ci sia bisogno di più forza, di più volontà, di più attenzione.

Non so se siano le medicine o sia tu ma a volte pare sopraggiungere un sonno strano che io chiamo "cecagna".

Per andare di corpo ed espellere una biglia devo fare lo sforzo come se fosse una montagna, mettere un paio di calzoni, equivale a camminare su una fune tesa fra due grattacieli.

Ok, potremmo dire che prendersela con calma è meglio che andare di fretta, ma a volte la moviola al confronto del mio passo sembra andare avanti veloce.

Non riuscivo a stringere il pugno, questo mi gettava nello sconforto disorientandomi non poco.

Da quando sei arrivato, non facciamo che discutere, la mia mente non fa altro che commentare, valutare, quantificare l'impatto della tua presenza nel quotidiano e tendenzialmente posso affermare che è sempre colpa tua se qualcosa non funziona più come prima.

Mettersi le scarpe con i lacci è diventata un'impresa, forse sarà pure la "panza" ma avere difficoltà nell'allacciarsi le scarpe è deprimente, come pure lo è alzarsi dalla sedia, devo allenarmi facendo le pompate come durante il Militare per rafforzare le braccia e riuscire a sollevarmi dalla sedia.

"Seduto leone, in piedi coglione", questa è la realtà che mi appartiene, l'altra versione è: "Mattino leone, la sera coglione" poiché l'effetto "doping" si riduce nel corso della giornata anche perché nonostante ci faccia attenzione, il cibo rende difficile l'assorbimento della Levodopa.

Gradualmente, ogni giorno il cerchio si stringe, le cose semplici e banali diventano un'impresa a volte sembra che tu abbia messo dei sacchetti di sabbia attorno ai piedi, o con una mazzetta da muratore mi abbia inchiodato i piedi al pavimento.

Una volta partito non posso fermarmi, devo proseguire il cammino, il percorso della giornata, poi alla sera mi basta sedermi cinque minuti che mi cala la palpebra e mi addormento.

Succede talvolta che m'inchiodo, come una frenata brusca, perdendo l'equilibrio, oppure calcolo male le distanze nel sollevare il piede e quindi urto il gradino, rischiando di rovinare a terra, come d'altra parte è successo qualche volta.

La condizione del disabile da Parkinson è ibrida, specialmente all'inizio della patologia, le medicine fanno effetto ed è possibile portare avanti bene o male i propri compiti e faccende in maniera quasi normale.

Fintanto che il "carburante" prescritto dal medico dura con i suoi effetti.

Col passare del tempo però, le medicine danno assuefazione, costringendo ad aumentarne le dosi e di conseguenza gli effetti collaterali. Ecco perché riguardo al Parkinson la ricerca è di fondamentale importanza, perché fra qualche anno non saranno pochi i pazienti con cure inefficaci.

Il morbo non è il solo nemico, bisogna tener conto del ruolo dello Stato, che attraverso i suoi funzionari istruiti in modo errato, distanti dalla realtà, che non conosce la verità di cosa significhi procedere ogni giorno dovendo combattere per ottenere qualcosa che per la gente comune è normale. In molte zone d'Italia sono, di fatto, una canna rotta, sulla quale chi si trova in una condizione di difficoltà, tenta di appoggiarsi, ritrovandosi poi con la mano bucata.

Il malato di Parkinson non può più eseguire le stesse mansioni che svolgeva prima di ammalarsi, non può più lavorare lo stesso numero di ore, con lo stesso ritmo, deve avere tempo e disponibilità economica per fare terapia motoria, altrimenti s'inchioda nell'arco di pochi giorni.

Questo comporta una riduzione delle entrate e un aumento delle spese, se lo Stato evita di prendere atto della situazione e non si assume la responsabilità di sopperire alle esigenze venutesi a determinare con la patologia, chi lo farà?

Anzi, non facendo tesoro dell'esperienza accumulata sulla patologia, a ogni occasione, le commissioni che valutano il grado d'invalidità innescano un tira a molla che nulla ha a che fare col ruolo per cui esiste lo Stato, ruolo determinante per la sopravvivenza dignitosa di chi è stato colpito da una patologia degenerativa irreversibile.

Ormai il giorno volge al termine, il tramonto ha intrapreso il suo cammino che racconta lo spettacolo del creato e della vita, talvolta quando non siamo distratti, ci ricorda che "la vita è un mozzico". Per questo va vissuta giorno per giorno. Il Signore provvede "*basta a ogni giorno il suo affanno*".

Assedio

Col trascorrere dei giorni, ogni cosa diventa più difficile, come se mi venissero a fasciare con delle bende il corpo, ogni giorno con uno strato in più, rendendolo più spesso, come una mummia, rendendo difficile qualsiasi movimento; scendere le scale, entrare in auto, salire i gradini, spostarsi dentro casa o camminare, ogni giorno il corpo diventa più rigido come se fosse un nemico contro il quale devi combattere affinché faccia quello che vuoi tu, anche una cosa semplice come camminare o correre, “correre”, mi viene da ridere.

Ormai la mente è piena di pensieri su come fare per affrontare questa situazione nuova.

Ma quando sono in acqua o sono seduto non sembra che ci sia niente di diverso da quello che ero prima e poi quando esco dall'acqua oppure mi alzo e cammino mi rendo conto che c’è una forza dentro il mio corpo che frena, rende difficili i movimenti, mi fa perdere l'equilibrio e mi rende lento.

Non posso farci l’abitudine, è impossibile abituarmi, i pensieri volano a quando ero normale, quando potevo rotolarmi per terra, sull'erba, quando potevo competere nello sport ad armi pari, questa vecchiaia prematura è una tortura.

La mente è giovane ma il corpo non risponde.

Le speranze, le ambizioni, i progetti, tutto è inchiodato, tutto è permeato da questa lentezza, da questo nemico che senza ragione ha posto le sue legioni attorno al mio corpo per assediarlo, per fare in modo che io non possa più muovermi e la tristezza spesso avvolge il mio cuore nella consapevolezza che ormai la mia storia è finita, sulla carta.

Prendo atto del fatto che il tempo ormai è poco e combatto giornalmente una guerra che potrei non vincere nel lungo termine, ma se vittoria c'è, sarà quotidiana, sì oggi è il mio combattimento, oggi è la mia battaglia, oggi devo tirar fuori le unghie per fare faticosamente quello che ieri facevo a occhi chiusi.

La mia mente fugge il domani, evitando di proiettare i pensieri, che se prendessero forma, vedrebbero festeggiare la sofferenza.

Il mio corpo forse sarà sconfitto, ma è probabile che questa realtà mi consenta di trascinare in cielo molte persone, a volte piango e spesso vedo commozione nello sguardo di chi mi ama, o semplicemente ha del sincero affetto per me, le Scritture definirebbero il mio, "un cuore d'uomo", mi arrabbio tanto e spesso, anzi, m'incazzo proprio, eppure, tutto ciò, alla fine dei conti, porterà un frutto buono alla gloria del Signore, ne sono certo, non so come, non so perché, abbia questo privilegio, perché si, è un privilegio avere la vita eterna ed essere un portatore del messaggio della salvezza di Cristo.

Questa malattia ti porta a riflettere molto, ad apprezzare di poter ancora fare qualcosa che fino a poco tempo fa mai mi sarei fermato a rifletterci sopra.

Si dovrebbe essere felici per la “non Malattia “

Lancio della palla

Il mio livello agonistico a Tennis è ormai nullo, ma il braccio, come si dice in gergo, c'è sempre.

Ivo, anche lui socio del Circolo da decenni, afferma che quando ero ragazzo era bello vedermi giocare, uno amava cogliere i movimenti e i gesti atletici. Avevo anche un buon servizio, con una bella palla tesa e angolata, talvolta a uscire, altre volte al centro, secondo la posizione dell'avversario.

Che qualcosa non funzionasse perfettamente ho cominciato a percepirlo quando non c'era più la solita coordinazione nel lancio della palla.

Ogni lancio diventava un piccolo dilemma, il timore aumentava, allungando i tempi con gli avversari e il compagno, nel caso di un doppio.

Osservano e attendono questo lancio che ogni volta era troppo basso, troppo a destra, troppo a sinistra, mai sufficientemente alto, scoordinato, con il movimento a campana del servizio, di fatto sto assistendo a un rallentamento del movimento del braccio sinistro ed anche la mano sinistra è indebolita, la gamba sinistra sembra trascinarsi, qualcosa sta sconvolgendo i movimenti del lato sinistro.

Il mio medico curante vede che mi trascino il piede sinistro e facendomi aprire e chiudere il più velocemente possibile l'indice e il pollice, non riesco neanche a farlo, mi prescrive i controlli per escludere ischemie o cose simili e la visita neurologica, così nel maggio 2019 mi viene diagnosticato il Morbo di Parkinson.

La diagnosi è una vera doccia fredda, inizio a seguire la cura di attività fisica e Levodopa.

Segnali ignorati

Ricordo che ben prima del 2018 mi capitava un certo rallentamento nei movimenti, per esempio quando mi dovevo vestire nel tirare su i pantaloni e abbottonarli, per allacciare la cintura sentivo una certa difficoltà che prima non c'era.

Per esempio mentre guidavo lo scooter e mi fermavo al semaforo, sentivo come una sensazione di disagio come se mi avvolgesse un'angoscia non giustificata da nulla.

Quando giocavo a calcetto gli ultimi tempi ero spesso il bersaglio dei compagni di squadra i quali non mi risparmiavano, goliardicamente, osservazioni sulla mia velocità nel passare la palla specialmente se sotto pressione.

Come pure entrare e uscire dall'auto, mentre in campo a tennis mi stancavo più facilmente.

2 Maggio 2019

Finalmente il 2 maggio 2019 c'è la conoscenza ufficiale, il pensiero che aleggiava silenziosamente minaccioso, quando il passo procedeva corto o andava forzato per allungarlo per liberarsi dal procedere disordinato.

La mano sinistra, indebolita e scoordinata lanciava un segnale chiaro e deciso.

Tutto questo si concretizza nella diagnosi di qualcosa che a prima vista assume la forma di un incubo, un brutto sogno che si spera al risveglio si allontani.

Però sono già sveglio.

Sabaudia

Uragano

E poi l’uragano ti coglie di sorpresa, devi uscire dal campo, e ti accorgi che la tempesta è dentro te, il gioco continua regolarmente, le squadre come di consueto continuano a proporre il proprio gioco, ora in difesa, ora in attacco, ma tu sei fuori, spettatore e mai più convocato, devi prendere atto che il tuo tempo è finito, eppure senti di voler giocare ancora, ti senti di poter giocare, ma le gambe non rispondono e le emozioni naufragano fra le note cantate da **Irama in “Ovunque sarai”** accompagnando i giorni senza comprensione, con **Ed Sheeran che canta “Shivers”** e il ritmo dei **Maroon 5 con “Lovesick”** non sono sufficienti a cacciar via la tristezza per l’addio prematuro al gioco della vita. La partita è ancora in atto, anche se la mia volge al termine prematuramente, per mancanza di forze, mi rattrista congedarmi dagli amici, la famiglia, lasciare te che mi vuoi bene.

I Pensieri dell’amarezza si fanno largo, stabilendo un loro monopolio nelle caratteristiche del loro flusso, imponendo alle emozioni la direzione da prendere.

Non è finita però! *“Meglio un cane vivo che un leone morto”* (Ecclesiaste 9, 4) Poi una musica semplice di **Camila Cabello e Ed Sheeran “Bam Bam”** aziona come uno scambio sul binario che vorrebbe portarti alla depressione.

C’è ancora molto da fare per l’opera del Signore in questo luogo, e la Sua presenza nei pensieri fa la differenza per cominciare a lottare centimetro per centimetro, muscolo per muscolo, tendine per tendine, senza strafare, misurando le forze, perché in una situazione degenerativa neurologica, restare senza forze apre la strada a ciò che danneggia le cellule.

Dopo un primo momento di disorientamento, di stordimento, di confusione, ho capito che i farmaci vanno presi con precisione, e che il movimento è il farmaco più potente, come pure tenere viva la mente.

Ci sono quotidianamente delle nuove sconfitte che caratterizzano questi giorni, come procedere, camminare, e doversi fermare appoggiandosi a una ringhiera, a un muretto, a una sbarra, per potersi raddrizzare. Inventare ogni tanto la combinazione della cintura lombare, col correttore posturale, chiedendo a un amico tappezziere di cucirmi spezzoni di velcro e fare giunte per agevolare il "montaggio", per personalizzare al massimo la trazione delle cinghie, per assumere il più possibile una postura retta.

Quando mi esercito a tenere la schiena dritta tirando indietro le spalle, per ridere faccio il bullo, il coatto romano, con frasi tipiche come: *"'hai guardato? Perché m'hai guardato? Che c'hai da guardà? "*

Pensavo che la MdP fosse la semplice mancanza di una sostanza: la Dopamina. Uno si piglia quattro pasticche di quella sostanza e l'omo campa!

Manco per niente!

Il sito Parkinson.it Riporta:

La malattia di Parkinson

Che cos'è la malattia di Parkinson?

Il Parkinson è una malattia neurodegenerativa, ad evoluzione lenta ma progressiva, che coinvolge, principalmente, alcune funzioni quali il controllo dei movimenti e dell'equilibrio. La malattia fa parte di un gruppo di patologie definite "Disordini del Movimento" e tra queste è la più frequente. I sintomi del Parkinson sono forse noti da migliaia di anni: una prima descrizione sarebbe stata trovata in uno scritto di medicina indiana che faceva riferimento ad un periodo intorno al 5.000 A.C. ed un'altra in un documento cinese risalente a 2.500 anni fa. Il nome è legato però a James Parkinson, un farmacista chirurgo londinese del XIX secolo, che per primo descrisse gran parte dei sintomi della malattia in un famoso libretto, il "Trattato sulla paralisi agitante". Di Parkinson, deceduto nel 1824, non esistono né ritratti né ovviamente fotografie.

La malattia è presente in tutto il mondo e in tutti i gruppi etnici. Si riscontra in entrambi i sessi, con una lieve prevalenza, forse, in quello maschile. L'età media di esordio è intorno ai 58-60 anni, ma circa il 5 % dei pazienti può presentare un esordio giovanile tra i 21 ed i 40 anni. Prima dei 20 anni è estremamente rara. Sopra i 60 anni colpisce 1-2% della popolazione, mentre la percentuale sale al 3-5% quando l'età è superiore agli 85.

Le strutture coinvolte nella malattia di Parkinson

Si trovano in aree profonde del cervello, note come gangli della base (nuclei caudato, putamene pallido), che partecipano alla corretta esecuzione dei movimenti (ma non solo). La malattia di Parkinson si manifesta quando la produzione di dopamina nel cervello cala consistentemente. I livelli ridotti di dopamina sono dovuti alla degenerazione di neuroni, in un'area chiamata Sostanza Nera (la perdita cellulare è di oltre il 60% all'esordio dei sintomi).

Dal midollo al cervello cominciano a comparire anche accumuli di una proteina chiamata alfa-sinucleina. Forse è proprio questa proteina che diffonde la malattia in tutto il cervello. La durata della fase preclinica (periodo di tempo che intercorre tra l'inizio della degenerazione neuronale e l'esordio dei sintomi motori) non è nota, ma alcuni studi la datano intorno a 5 anni.

Quali sono le cause della malattia di Parkinson?

Le cause non sono ancora note. Sembra che vi siano molteplici elementi che concorrono al suo sviluppo. Questi fattori sono principalmente:

Genetici: alcune mutazioni note sono associate alla malattia di Parkinson. Tra i geni individuati quelli più importanti sono: alfa-sinucleina (PARK 1/PARK 4), parkina (PARK-2), PINK1 (PARK-6), DJ-1 (PARK-7), LRRK2 (PARK-8) e la glucocerebrosidasi GBA. Circa il 20% dei pazienti presenta una storia familiare positiva per la malattia. Si stima che i familiari di persone affette da malattia di Parkinson presentino, rispetto alla popolazione generale, un rischio di sviluppare la patologia lievemente superiore.

Fattori tossici, esposizione lavorativa: il rischio di malattia aumenta con l'esposizione a tossine quali alcuni pesticidi (per esempio il Paraquat) o idrocarburi-solventi (per esempio la trielina) e in alcune professioni (come quella di saldatore) che espongono i lavoratori a metalli pesanti (ferro, zinco, rame).

L'esposizione al fumo di sigaretta riduce probabilmente la comparsa di malattia di Parkinson. Il fumo sembra essere cioè un fattore protettivo.

I principali sintomi motori della malattia di Parkinson sono il tremore a riposo, la rigidità, la bradicinesia (lentezza dei movimenti automatici) e, in una fase più avanzata, l'instabilità posturale (perdita di equilibrio); questi sintomi si presentano in modo asimmetrico (un lato del corpo è più interessato dell'altro).

Il tremore non è presente in tutti i pazienti. All'esordio della malattia, spesso i sintomi non vengono riconosciuti immediatamente, perché si manifestano in modo subdolo, incostante e la progressione della malattia è tipicamente lenta. Talvolta sono i familiari od i conoscenti che si accorgono per primi che "qualcosa non va" ed incoraggiano il paziente a rivolgersi al medico.

Tremore a riposo

La maggior parte dei pazienti (ma non tutti!) presenta un tremore che si nota quando la persona è a riposo (non compie movimenti). Il tremore spesso interessa una mano, ma può interessare anche i piedi o la mandibola. In genere è più evidente su un lato. Si presenta come un'oscillazione con cinque-sei movimenti al secondo. È presente a riposo, ma si può osservare molto bene alle mani anche quando il paziente cammina. Il tremore può essere un sintomo d'esordio di malattia, ma, spesso, non presenta un'evoluzione nel corso degli anni. In genere non è invalidante. Un altro tipo di tremore riferito di frequente anche nelle fasi iniziali di malattia è il "tremore interno"; questa sensazione è avvertita dal paziente ma non è visibile.

Rigidità

È un aumento involontario del tono dei muscoli. La rigidità può essere il primo sintomo della malattia di Parkinson, spesso esordisce da un lato del corpo, ma molti pazienti non l'avvertono, mentre riferiscono una sensazione mal definita di disagio. Può manifestarsi agli arti, al collo ed al tronco. La riduzione dell'oscillazione pendolare degli arti superiori durante il cammino è un segno di rigidità, associata a lentezza dei movimenti.

Lentezza dei movimenti (bradicinesia ed acinesia)

La bradicinesia è un rallentamento nell'esecuzione dei movimenti e dei gesti, mentre l'acinesia è una difficoltà ad iniziare i movimenti spontanei. Gran parte dei pazienti è consapevole della bradicinesia, che viene riferita come sintomo fastidioso, in quanto rende molto lenti anche i movimenti più semplici. Può interferire con la maggior parte delle attività della vita quotidiana, come lavarsi, vestirsi, camminare, passare da una posizione all'altra (per esempio da seduti ad in piedi), girarsi nel letto.

Si evidenzia facendo compiere al soggetto alcuni movimenti di manualità fine, che risultano più impacciati, meno ampi e più rapidamente esauribili per cui, con la ripetizione, diventano quasi impercettibili. Sintomi correlati alla bradicinesia sono: la modificazione della grafia, che diventa più piccola (micrografia); la scialorrea (aumento della quantità di saliva in bocca), dovuta ad un rallentamento dei muscoli coinvolti nella deglutizione; la ridotta espressione del volto (ipomimia).

Disturbo dell'equilibrio

Si presenta più tardivamente nel corso della malattia ed è un sintomo che coinvolge "l'asse del corpo"; è dovuto a una riduzione dei riflessi di raddrizzamento, per cui il soggetto non è in grado di correggere spontaneamente eventuali squilibri. Si può evidenziare quando la persona cammina o cambia direzione durante il cammino.

La riduzione di equilibrio è un fattore di rischio per le cadute a terra. Durante la visita, è valutabile verificando la capacità di correggere una spinta all'indietro. I disturbi dell'equilibrio non rispondono alla terapia dopaminergica.

Perciò, la fisiochinesiterapia diventa un intervento importante per la gestione del disturbo.

Altri sintomi motori che si possono associare a quelli in precedenza descritti sono:

Disturbo del cammino

Si osserva una riduzione del movimento pendolare delle braccia (in genere più accentuato da un lato), una postura fissa in flessione e un passo più breve. Talvolta si presenta quella che viene chiamata "festinazione", cioè il paziente tende a strascicare i piedi a terra e ad accelerare il passo, come se inseguisse il proprio baricentro, per evitare la caduta. In questo modo la camminata diventa simile ad una corsa a passo molto breve. Per il paziente con festinazione diviene difficile arrestare il cammino una volta che è arrivato a destinazione.

Durante il cammino, in alcuni casi, possono verificarsi episodi di blocco motorio improvviso ("freezing gait" o congelamento della marcia) in cui i piedi del soggetto sembrano incollati al pavimento.

Il fenomeno si può manifestare come un'improvvisa impossibilità ad iniziare la marcia o a cambiare la direzione. Oppure, si osserva quando il paziente deve attraversare passaggi ristretti (come una porta od un corridoio) o camminare in uno spazio affollato da molte persone. Il freezing è una causa importante di cadute a terra, per questo è importante riconoscerlo. Questa difficoltà può essere superata adottando alcuni "trucchi", quali alzare le ginocchia, come per marciare o per salire le scale oppure considerare le linee del pavimento come ostacoli da superare. Anche l'utilizzo di un ritmo verbale, come quello che si utilizza durante la marcia militare, può risultare utile. Il "freezing" della marcia non si manifesta salendo le scale o camminando in acqua. Alcune tecniche riabilitative prendono spunto da ciò per rieducare al passo il paziente.

Postura Curva

Il tronco è flesso in avanti, le braccia sono flesse e mantenute vicino al tronco, anche le ginocchia sono flesse. Questo atteggiamento è detto "camptocormia". A volte si manifesta un atteggiamento posturale detto "sindrome di Pisa", in cui il tronco pende da un lato.

La voce

La voce può essere più flebile (ipofonica) oppure può presentare una perdita di tonalità e di modulazione, che porta il paziente a parlare in modo piuttosto monotono. A volte compare una palilalia (ripetizione di sillabe) e vi è la tendenza ad accelerare l'emissione dei suoni e a "mangiarsi" le parole. In alcuni casi, si osserva una sorta di balbuzie che può rendere difficile la comprensione. La costante esecuzione degli esercizi per la riabilitazione del linguaggio (logoterapia) può sortire effetti molto buoni.

Deglutizione

I problemi legati alla deglutizione (disfagia) possono manifestarsi tardivamente nel decorso della malattia. La deglutizione è un movimento automatico piuttosto complesso, che coinvolge i muscoli della gola e della lingua, che devono muoversi in modo coordinato per spingere il cibo dalla bocca all'esofago. Quando questa coordinazione è compromessa, il paziente può avere la sensazione che il cibo si fermi in gola. Questa difficoltà è riferita con maggior frequenza per i liquidi, ma anche per i solidi. Può essere pericoloso in quanto se i liquidi (o i solidi) invece di essere deglutiti vengono aspirati nelle vie respiratorie, possono causare polmoniti ab ingestis cioè da aspirazione.

Eccessiva presenza di saliva in bocca

La saliva può accumularsi in bocca se il movimento automatico di deglutizione è ridotto. In questo modo, può verificarsi una perdita di saliva (scialorrea), legata ad una ridotta deglutizione e non ad un aumento della produzione di saliva. Ciò è spesso causa di imbarazzo in pubblico. Come nel caso della disfagia, questo sintomo può essere pericoloso in quanto se la saliva, invece di essere deglutita, viene aspirata nei polmoni può essere causa di polmoniti ab ingestis (da aspirazione).

Nella malattia di Parkinson sono importanti anche i sintomi "non motori"

Nella malattia di Parkinson si possono presentare anche fenomeni non motori, che possono esordire molti anni prima della comparsa dei sintomi motori. Si evidenziano più spesso nelle fasi iniziali della malattia e con frequenza massima in quelle più avanzate. I sintomi non motori più frequentemente osservati sono: i disturbi vegetativi (alterazione delle funzioni dei visceri), dell'olfatto, del sonno, dell'umore e della cognitività, la fatica e i dolori.

I disturbi vegetativi includono:

La funzionalità gastro-intestinale può essere rallentata in tutte le fasi della malattia, sia all'esordio che nelle fasi più avanzate. La stipsi rappresenta proprio uno dei sintomi non motori che si possono presentare anni prima della comparsa dei sintomi motori.

Disturbi urinari

Si manifestano generalmente con un aumento della frequenza minzionale (necessità di urinare spesso). Ciò avviene sia perché la vescica non si svuota completamente dopo la minzione, sia perché lo stimolo a urina reviene avvertito anche quando la vescica non è ancora piena. Possono anche verificarsi disturbi quali ritardo nell'iniziare la minzione o lentezza nello svuotare la vescica.

Disfunzioni sessuali

Il desiderio sessuale (libido) può ridursi o aumentare (ma anche restare invariato). Le modificazioni della libido possono manifestarsi per motivi psicologici e/o per effetti farmacologici. Negli uomini la difficoltà a raggiungere l'erezione o l'impossibilità a mantenerla possono far parte del quadro clinico della malattia.

Disturbi della pressione arteriosa

La pressione arteriosa può essere alterata. Possono manifestarsi episodi d'ipotensione arteriosa durante la posizione eretta e d'ipertensione arteriosa durante la posizione sdraiata. Il cambio di posizione da "sdraiato/seduto" a "in piedi" può determinare episodi di caduta pressoria cioè di "ipotensione ortostatica". In molti pazienti l'ipotensione ortostatica non necessita di alcuna terapia farmacologica, ma solo di alcune misure pratiche quali sdraiarsi con le gambe sollevate, indossare calze elastiche, mobilizzare le gambe, bere molta acqua.

Nei casi più gravi occorre utilizzare farmaci quali il fludrocortisone (Florinef®), che aumenta la ritenzione di sodio con conseguente ritenzione di liquidi e quindi aumento della pressione arteriosa. Si usano anche l'etilefrina (Effortil®) o midodrina (Gutron®).

Problemi cutanei e Sudorazione

Le manifestazioni sono molteplici e comprendono cute secca o seborroica, ridotta sudorazione od episodi di sudorazione profusa. La parte superiore del corpo è generalmente la più coinvolta.

I disturbi dell'olfatto

Molti pazienti riferiscono di disturbi dell'olfatto (la capacità di avvertire gli odori), che esordiscono anche molti anni prima delle prime manifestazioni motorie,. La disfunzione olfattiva permane nel tempo e non sembra variare con la terapia farmacologica.

I disturbi del sonno sono frequenti e possono coinvolgere fino al 70% dei pazienti. Si manifestano sia all'esordio di malattia che durante il suo decorso. Le manifestazioni sono molteplici, determinate dalla patologia sottostante e dai farmaci utilizzati. I disturbi del sonno includono:

Insonnia: si manifesta durante le ore notturne con difficoltà all'addormentamento, risvegli precoci o ripetuti risvegli notturni. I risvegli notturni sono spesso dovuti a rigidità e bradicinesia (con conseguente difficoltà nel cambiare spontaneamente la posizione nel letto) o alla frequente necessità di urinare (nicturia).

Eccessiva sonnolenza diurna: la sonnolenza diurna è spesso indipendente dall'insonnia notturna. È un sintomo che può avere un forte impatto sulla qualità di vita del paziente, rendendo difficile lo svolgimento di alcune attività quali leggere, guidare la macchina o svolgere attività sociali.

Disturbo comportamentale nella fase del sonno (REM): normalmente, durante la fase REM del sonno i muscoli presentano un'atonia (cioè sono completamente rilassati). Invece, chi soffre di REM Behavior Disorder (RBD), può muoversi anche mentre sogna. Le manifestazioni motorie sono vocalizzazioni, gesti compiuti con le braccia (come combattere, fare a pugni, scalciare). Sembra che il paziente interagisca con il suo sogno.

Questo disturbo può essere fastidioso per la persona che dorme accanto al paziente, che rischia di essere, involontariamente, colpita, ma anche per il paziente che rischia di urtare oggetti intorno al letto e farsi male.

Questo disturbo del sonno può manifestarsi molti anni prima della comparsa dei sintomi motori della malattia di Parkinson.

Sindrome delle gambe senza riposo (restless legs sindrome, RLS): alcuni pazienti avvertono un fastidio alle gambe, associato alla necessità di muoverle continuamente. Questo disturbo compare e s'intensifica durante le ore serali e notturne.

I disturbi dell'umore: Depressione

La depressone è un sintomo molto frequente nella malattia di Parkinson, in tutte le fasi di malattia, sia iniziale che avanzata. Spesso si manifesta anni prima dell'esordio dei disturbi motori. La diagnosi non è sempre facile, perché alcuni segni di depressione si sovrappongono a quelli della malattia di Parkinson (come affaticamento, ipomimia, apatia).

La depressione si può manifestare con umore deflesso, affaticamento, disturbi del sonno, modificazioni dell'appetito, disturbi di memoria.

Una buona terapia antiparkinsoniana è in genere sufficiente per controllare i disturbi dell'umore. In altri casi, l'uso di farmaci antidepressivi può essere raccomandato.

Disturbi d'ansia

Il disturbo d'ansia è un sintomo molto comune riferito dai pazienti come un senso di apprensione, paura, preoccupazione. L'ansia può precedere di anni i disturbi motori; si associa inoltre a sintomi vegetativi, somatici e cognitivi. Può avere un andamento variabile, associandosi alle fluttuazioni motorie, che complicano la terapia della malattia dopo alcuni anni di terapia. In particolare l'ansia è presente durante le fasi di blocco motorio "off".

Apatia

È un sintomo piuttosto frequente e spesso (circa nel 20% dei casi) si associa a depressione. Il paziente lamenta uno stato d'indifferenza emotiva, con mancanza di volontà a svolgere od intraprendere una qualunque attività.

Disturbi comportamentali ossessivi compulsivi

Si tratta di comportamenti ripetitivi mirati alla ricerca di piacere e di gratificazione personale, come l'assunzione eccessiva di cibo, il gioco d'azzardo, lo shopping, l'ipersessualità o la dipendenza da internet.

Possono manifestarsi in una minoranza di pazienti, spesso durante l'effetto dei farmaci dopaminergici. Il neurologo curante deve essere informato subito di questi comportamenti, per provvedere a modificare la terapia dopaminergica e, se necessario, per programmare interventi di sostegno psicologico.

Disturbi cognitivi

I disturbi cognitivi si manifestano in tutte le fasi della malattia, ma soprattutto nello stadio avanzato della malattia e negli anziani. Quando si riscontrano precocemente nel decorso della malattia (cioè entro un anno dall'esordio dei sintomi motori) si può parlare di malattia da corpi di Lewy (DLB). Nella DLB si manifestano allucinazioni visive e fluttuazioni delle prestazioni cognitive.

Le funzioni cognitive coinvolte sono l'attenzione, le capacità visuo-spaziali e le funzioni esecutive (come la capacità di pianificare e di passare da una strategia all'altra).

Sintomi psicotici (rari)

Deliri: sono convinzioni non consistenti con la realtà, a volte correlate alle allucinazioni.

Allucinazioni: sono in genere visive, ma possono essere, ancora più raramente, anche uditive e olfattive; per lo più il paziente vede oggetti, persone od animali che non esistono.

Fatica: Viene riferita come mancanza di forza, di energia e senso di stanchezza. Non sempre risponde alla terapia dopaminergica e si può presentare anche quando il paziente è perfettamente compensato dal punto di vista motorio. Può avere un forte impatto sulla qualità di vita del paziente.

I sintomi ed i segni motori della fase avanzata di malattia

Dopo un numero variabile di anni il trattamento con i farmaci non è più in grado di fornire un controllo motorio stabile ed i pazienti iniziano ad avvertire la fine dell'effetto della singola somministrazione. Il fenomeno si chiama deterioramento da fine dose o "wearing off".

Nella fase avanzata della malattia di Parkinson si manifestano fenomeni motori distinti in movimenti involontari o discinesie e fluttuazioni motorie.

Le discinesie sono una complicanza frequente e dopo un numero variabile di anni (tipicamente 10 dall'insorgenza della malattia) gran parte dei pazienti ne è affetta. Diversi sono i fattori considerati associati alle discinesie: la gravità della malattia stessa, l'età di esordio.

Si distinguono in: a) discinesie da picco dose: sono così definite perché compaiono in corrispondenza del picco di concentrazione plasmatica di farmaci dopaminergici e sono caratterizzate da movimenti involontari, che coinvolgono diverse parti del corpo (il capo, gli arti, il tronco, i muscoli respiratori) b) discinesie difasiche: sono movimenti involontari (coreo-atetosici) che si manifestano durante la fase di transizione on-off (e viceversa). Possono essere di entità variabile c) discinesie di plateau: sono movimenti involontari che si manifestano nel periodo di sblocco motorio (on).

Le fluttuazioni motorie si manifestano come: un'aumentata latenza al raggiungimento della fase "on" (sblocco del movimento), un'impossibilità a raggiungere l'"on" (fenomeno no-on), un deterioramento da fine dose (wearing-off) che è prevedibile ed include anche l'acinesia notturna e l'acinesia al risveglio e le fasi "off" (blocchi motori) imprevedibili.

Come fare diagnosi di malattia di Parkinson

La diagnosi di malattia di Parkinson non è solo una diagnosi clinica, come dicevano i nostri padri: il neurologo esperto in disordini del movimento formula un'ipotesi diagnostica attraverso la storia clinica (raccolta dal paziente e dai familiari) e la valutazione di sintomi e segni neurologici.

Gli esami strumentali, quali la Risonanza magnetica nucleare ad alto campo, la **SPECT DATscan**, la **PET cerebrale** e la **scintigrafia del miocardio** servono da supporto, talvolta indispensabile, alla diagnosi clinica. Sarà il neurologo a decidere se e quali esami il paziente dovrà eseguire per il completamento della diagnosi.

La diagnosi comporta l'esclusione di altre patologie che possono essere, in particolare nelle fasi iniziali di malattia, molto simili alla malattia di Parkinson.

Questa patologie vengono dette **parkinsonismi**. Le forme più comuni sono:

Parkinsonismi primari: per esempio **Atrofia Multi Sistemica** (MSA), **Paralisi Sopranucleare Progressiva** (PSP), **Degenerazione Cortico Basale** (CBD), **Demenza Fronto Temporale** (FTD): in genere presentano una scarsa o nulla risposta alla terapia dopaminergica. I sintomi tendono ad essere simmetrici.

I sintomi "assiali", quali i disturbi di deambulazione ed equilibrio, compaiono più precocemente. L'evoluzione della sintomatologia è più rapida. In alcune forme si manifestano precocemente disturbi cognitivi e/o disturbi vegetativi.

Tremore essenziale: è definito essenziale perché la

causa non è nota. I pazienti non presentano segni di rigidità o bradicinesia; il tremore, a differenza di quanto avviene nella malattia di Parkinson, non si manifesta a riposo ma durante il movimento, per esempio si vede quando il paziente porta una tazzina alla bocca. Per identificarlo è sufficiente bere un bicchiere di vino e il tremore sparirà dopo quindici minuti per un paio d'ore.

Parkinsonismi farmaco-indotti: alcuni farmaci possono indurre sintomi "parkinsoniani" in persone non affette dalla malattia; inoltre, possono aggravare la malattia se vengono assunti da pazienti che ne sono già affetti.

Questi farmaci appartengono alle seguenti categorie: antipsicotici tipici (per esempio aloperidolo, clorpromazina, flufenazina), farmaci anti-vomito (per esempio metoclopramide, levosulpiride) e farmaci anti-ipertensivi (per esempio reserpina, alfa-metil-dopa).

Parkinsonismo da idrocefalo: è caratterizzato da marcia difficoltosa a base allargata (atassia della marcia), instabilità posturale, deterioramento mentale, incontinenza urinaria. È provocato da un accumulo di liquor che, non riuscendo a defluire normalmente, comprime il tessuto nervoso circostante.

Viene visualizzato alla TAC o alla RMN come un ingrandimento dei ventricoli cerebrali, senza dilatazione dei solchi corticali. Il trattamento è neurochirurgico e consiste nel posizionamento di una valvola di deflusso extracranico.

Altre patologie neurologiche che devono essere escluse al momento della diagnosi sono:

- parkinsonismo vascolare
- malattia di Wilson
- malattia di Alzheimer
- malattia di Huntington
- disordini da neuro degenerazione con accumulo cerebrale di ferro (NBIA)
- tumori cerebrali
- disordini da alterato metabolismo del calcio

Prognosi

La malattia di Parkinson è una malattia cronica, lentamente progressiva, che coinvolge diverse funzioni motorie, vegetative, comportamentali e cognitive, con conseguenze sulla qualità di vita.

Con un trattamento appropriato, l'aspettativa di vita è considerata simile, o solo lievemente ridotta, rispetto a quella della popolazione generale.

4 Gennaio 2017

Con fare goliardico la mia compagna in questa data mi manda un vocale per prendermi in giro:

"Buongiorno se non te ne sei accorto, stiamo camminando sul fiume, però, ho bisogno che allunghi un po' il passo, perché per le dieci devo essere a casa, per cui dobbiamo andare un po' più alla bersagliera."

Percorso lungo il Tamigi

Ma il nocciolo di questo simpatico messaggio di WhatsApp, apparentemente neutro, rivela un mio atteggiamento della fase motoria che poi identificherò come qualcosa che deriva dallo sviluppo della Malattia di Parkinson.

Come si Combatte Il Parkinson?

(Testo preso da Internet con Google)

Non c'è un modo migliore di un altro, dipende da tanti microfattori, alcuni dei quali ancora sconosciuti e altri nemmeno immaginabili. Ognuno deve trovare la propria strada da sè.

Come io combatta il Parkinson, è tutta un' altra storia. Ma non copiatemi, potrebbe non andare bene per voi. Io ragiono con questi criteri.

Il Parkinson come malattia risponde al trattamento con Levodopa, che è un precursore della dopamina. Questa precisazione è importante poiché i Parkinsonismi - che possono presentare sintomi simili - non rispondono alla Levodopa. Quindi, per prima cosa, occorre disambiguare la diagnosi.

Al secondo posto, che poi in fase post diagnostica diventa il primo ex-aequo con i farmaci, serve una riabilitazione psicologica, ricorrendo anche al supporto di uno psicologo o di un analista. Ho capito già dalle prime fasi che il nemico peggiore da combattere ero io stesso, dovevo evitare come la peste di entrare in depressione.

Ho quindi fatto una scelta radicale: dovevo in prima persona assumermi la responsabilità della malattia e del suo trattamento. Attenzione! La responsabilità non è una "colpa" e la malattia non è una "punizione d Dio" per chissà quale peccato. La malattia è un dato oggettivo e prendere la responsabilità significa assumerne il controllo.

"Responsabilità" è una parola composta, da "response" + "ability", vale a dire dalla capacità ("ability") di dare una risposta ("response") ad un problema complesso, qual è quello di una malattia che non è mai la stessa nè in individui diversi, nè nel giorno dopo giorno nello stesso paziente -- con tutte le caratteristiche uniche e peculiari sue proprie. Riassumo ciò nel detto "un giorno da leone e un giorno da coglione".

I farmaci sono importanti nella Malattia di Parkinson, anche se non sono tutto. Tuttavia, il farmaco va declinato nel singolo soggetto, tenendo conto del sesso, dell' età, delle co-morbidità, dello stadio della malattia, secondo le scale di valutazione di riferimento che possono essere sia quella di Margaret Hoehn e Melvin Yahr oppure della UPDRS (Unified Parkinson' s Disease Rating Scale), della più o meno accentuata vigoria fisica e della storia sia fisica che emozionale dell' essere umano che è stato colpito.

Se si hanno co-patologie, bisogna rendersi conto di quale mix di farmaci si va a creare, come diluire nel corso della giornata le varie terapie, affinché non si ostacolino a vicenda in modo da creare un flusso di farmaci atto a valorizzare le varie efficacie terapeutiche allo stesso tempo diminuendo i rischi. Non ho mai preso due farmaci insieme, ho sempre cercato di far passare un tempo congruo fra l' uno e l' altro in modo tale che ognuno prendesse la propria strada, la propria direzione, senza ostacolarsi a vicenda o - ancora peggio - cercando di evitare un mix potenzialmente letale. Stare attenti agli alcoolici.

Se l'atteggiamento mentale verso la malattia deve essere quello della speranza ("La speranza è un farmaco", è il titolo di un libro, oppure per dirla alla Michael J. Fox "La speranza è ottimismo informato"), tutto ciò che non è farmaco diventa riabilitazione.

La riabilitazione è una "ri-creazione" di varie funzionalità fisiche, fisiologiche e mentali che per vari motivi sono state create da "errori di copiatura" di comportamenti di altri che apparentemente hanno avuto successo ma che applicati a noi stessi hanno prodotto stress (termine preso a prestito dall' ingegneria dei materiali e che è la causa del "punto di rottura" di qualsiasi corpo solido) il cui impatto ha peggiorato una situazione patogena. Possiamo invertire il trend.

Non sempre ci riesco, ma il vivere una vita il più possibile serena, scordandosi dei problemi del mondo, evitando conflitti e contrapposizioni, accettando anzi amando i propri difetti e imperfezioni, aiuta a ritrovare il nostro vero "sè", il nostro vero "io". La sfida qui è trasformare la malattia in opportunità. Alla visita per l' invalidità, ho ottenuto una disabilità del 75%. Immediatamente, ho pensato di avere comunque il 25% di abilità residue e di contare su quelle per farcela, per rifiorire.

Fra le cattive abitudini che abbiamo assunto, gli "errori di copiatura" delle abitudini alimentari gioca un ruolo preponderante. L'evoluzione ha fatto sì che il primo cervello degli esseri viventi fosse l'apparato gastro intestinale. Tale apparato assimila i cibi trasformandoli in energia ed evacuando ciò che non serve. Nel Parkinson, tale processo si deteriora facilmente, producendo stipsi. La stipsi si combatte sia attraverso l'assunzione di cibi coerenti con le funzioni fisiologiche che vanno protette, sia attraverso il movimento fisico. Il cammino è il principe di tutti i movimenti.

Ma il movimento fisico assolve pure ben altre

funzioni. Irrobustisce la tempra dell'essere umano, migliora la circolazione e l' ossigenazione del sangue, ed è il sangue che trasporta la Levodopa che poi il cervello provvede a trasformare in dopamina. Quindi il movimento è un dopamino-agonista naturale che esalta la terapia farmacologica.

Tuttavia non basta. I neuroni producono sinapsi trasformando i neurotrasmettitori chimici in segnali elettrici che tornano poi a essere chimici una volta recepiti. La forza di un cervello, dipende dalla forza delle reti neurali che lo compongono. E la forza delle reti neurali dipende dal numero di sinapsi che vengono generate. Come si generano le sinapsi? Dall' apprendimento. Per questo motivo ho conseguito due certificazioni di Cambridge per la lingua inglese e ho capito che da quest' anno dovevo studiare una lingua orientale. Perchè una lingua orientale? Perchè attiva delle aree cerebrali normalmente inutilizzate, i cui neuroni sicuramente non producono dopamina, ma che tuttavia rinforzano la rete neurale producendo un beneficio per l' intero cervello.

Ho quindi creato "la bussola del Parkinson", dove al Nord metto la terapia farmacologica, la "stella polare" di qualsiasi trattamento, conditio sine qua non, ma in asse con essa al Polo Sud metto la "terapia nutrizionistica" basata su circa due terzi degli alimenti quali verdure e frutti. A Est pongo il movimento fisico e a Ovest l' attività mentale.

Se questi sono i quattro punti cardinali, parimenti non scordo le altre stelle della "costellazione Parkinson", le emozioni che producono neuro-trasmettitori positivi che vanno a lavorare sul circuito della ricompensa, le attività sociali e amicali che ne aumentano la fluidità rallentando il processo neurodegenerativo, lo "yoga della risata" che aiuta il buonumore e il benessere generale. E poi, leggere, informarsi, dialogare con altri pazienti, creare comunità. Come dice Al Pacino in "Quella maledetta Domenica ("Any Given Sunday"): "I centimetri sono dappertutto" a 360° ed è a 360° che noi Persone con Parkinson possiamo, se vogliamo, vivere la nostra vita. Sa' yo' naa ra'.

Vi voglio bene.
Serenità.

Questo testo molto bello, che ho trovato sul Web, l'ho copiato ma non sono riuscito a ritrovarne l'autore.

Il sito Parkinson.it Riporta:

Freezing

A un certo punto senti come delle ventose ai piedi, vorresti proseguire lo spostamento, ma i piedi non rispondono, il cervello manda gli impulsi, ma laggiù non accade nulla.

Dentro ti senti come se fossi emozionato, come una sottilissima vibrazione, di solito nessuno si accorge di nulla, ma tu sai che qualcosa non va per il verso giusto.

Non c'è niente che tu possa fare al di fuori di impartire consciamente un ordine al piede, tipo: piede destro vai avanti!

- Stai camminando verso porte, sedie o attorno agli ostacoli.
- Stai girando o cambiando direzione, specialmente in un piccolo spazio.
- Sei distratto da un altro compito quando cammini.
- Ti trovi in luoghi affollati, disordinati o con pavimenti molto modellati.
- Il "flusso" del tuo camminare è interrotto da un oggetto, da qualcuno che parla o se inizi a concentrarti su qualcos'altro. Tutto ciò t'impedirà di mantenere il ritmo.
- I tuoi farmaci stanno "svanendo" e non controllano più anche i sintomi.
- Sei in una situazione di gruppo o in conversazione.

Levodopa

(Wikipedia)

La L-DOPA, o Levodopa, è un amminoacido intermedio nella via biosintetica della dopamina. In clinica medica è utilizzata per il trattamento della malattia di Parkinson e di alcuni parkinsonismi per controllare i sintomi bradicinetici evidenti nella malattia ed è il farmaco più efficace per migliorare la qualità della vita nei pazienti con malattia di Parkinson idiopatica.

La Levodopa è un profarmaco che viene convertito in dopamina dalla DOPA decarbossilasi e può attraversare la barriera ematoencefalica. Quando nel cervello, la Levodopa viene decarbossilata a dopamina e stimola i recettori dopaminergici, compensando così l'esaurimento dell'apporto di dopamina endogena osservato nel morbo di Parkinson.

La Levodopa è in una classe di farmaci chiamati agenti del sistema nervoso centrale. Funziona convertendosi in dopamina nel cervello. La carbidopa appartiene a una classe di farmaci chiamati inibitori della decarbossilasi. Funziona impedendo alla Levodopa di essere scomposta prima che raggiunga il cervello.

Come funziona la Levodopa per il Parkinson?

La Levodopa funziona quando le cellule cerebrali la trasformano in dopamina. È una sostanza chimica che il cervello usa per inviare segnali che ti aiutano a muovere il tuo corpo. Le persone con Parkinson non hanno abbastanza dopamina nel cervello per controllare i loro movimenti.

DBS

(dal sito Medtronic)

La DBS utilizza un dispositivo medico impiantato chirurgicamente, simile a un pacemaker, per inviare la stimolazione elettrica a determinate aree del cervello.

La stimolazione di queste aree blocca i segnali che provocano i sintomi motori disabilitanti della Malattia di Parkinson. Per ottimizzare i benefici della terapia, è possibile regolare la stimolazione elettrica in modo non invasivo. Di conseguenza, molti soggetti possono ottenere un maggiore controllo sui movimenti dell'intero corpo.

Un sistema per la DBS è formato da tre componenti impiantati:

Elettrocatetere – Sottile cavo contenente degli elettrodi alla sua estremità, è impiantato nella parte del cervello interessata;
Estensione – Cavo che collega l'elettrocatetere al neurostimolatore, decorre sotto la cute dal capo generalmente fino alla parte superiore del torace;
Neurostimolatore – Collegato all'estensione, è un dispositivo compatto e sigillato, simile a un pacemaker cardiaco, che contiene una batteria e componenti elettronici. Il neurostimolatore viene generalmente impiantato sotto la cute nel torace, al di sotto della clavicola (in base al paziente, il chirurgo potrebbe decidere di impiantare il neurostimolatore nell'addome). A volte denominato "pacemaker del

cervello," produce gli impulsi elettrici necessari per la stimolazione.
Gli impulsi elettrici vengono condotti attraverso l'estensione e l'elettrocatetere a determinate aree del cervello. Gli impulsi possono essere regolati in modalità wireless per controllare o modificare le impostazioni del neurostimolatore.

La scrittura a mano si rimpicciolisce

All'inizio della mia MdP avevo letto che una delle conseguenze della patologia era che la scrittura con la penna su carta si sarebbe compressa, così è avvenuto.

Fin da ragazzo scrivevo le mie riflessioni, meditazioni, preghiere, in quaderni, usando la penna, ho ancora decine di quaderni, block notes, diari.

Ho sempre avuto un bel modo di scrivere, lineare, chiaro, tondeggiante. Ora non capisco come, però, le parole sono compresse, le lettere minuscole sono microscopiche, difficili da decifrare.

Eppure mi sembra di compiere lo stesso identico movimento, ma le parole che scaturiscono dal movimento sono schiacciate, le lettere ammucchiate sebbene sia convinto del fatto che non c'è nulla di diverso nell'impulso che parte dal cervello da quello di qualche anno fa.

Le consonanti si appiattiscono le enne e le emme, a malapena si distinguono, difficilmente il testo segue la riga orizzontale del quaderno.

Riflettendo sulla dinamica della scrittura mi rendo conto che nonostante non tremi, il cervello viaggia molo più velocemente della mano, sono meno sincronizzato, il pensiero dovrebbe rallentare e aspettare che la mano abbia scritto prima di formulare la parola successiva.

La forza (che viene da fuori) sia con te

Ci sono dei momenti in cui sento che l'energia che mi sento dentro per fare le cose, sia a livello manuale, che intellettuale, non mi appartiene.

Le mani pur rispondendo in apparenza perfettamente ai comandi sembrano lontane dalle spalle, come se fossero svogliate.

Allo stesso modo le gambe sembrano tenermi compagnia, ma poco inclini a voler svolgere il loro compito, per uscire dall'auto, per alzarmi dalla sedia, per alzarmi dal letto, devo fare mente locale, disporre i piedi in parallelo, distanziati, ben piazzati al suolo, leggermente in avanti, darmi quindi una spinta con le braccia verso l'alto ed iniziare il movimento senza cambi di direzione repentini, facendo leva.

Foto: Piazza d'Armi Livorno salto su telo scivolo a volo d'angelo da 19 mt

Quando ero ufficiale della Folgore dovevamo arrampicarci sulle torri fatte con tubi "Innocenti", per intenderci, quelli delle impalcature quando ristrutturano i palazzi, in quell'occasione ci hanno insegnato ad avere sempre tre punti di appoggio, due piedi, una mano, due mani, un piede, mai uno e uno, salire con calma e consapevolezza dei movimenti. Ora questa tecnica torna utile per spostarsi fra tavoli e sedie, per fare le scale di casa, spostamenti che un tempo si facevano a occhi chiusi, i cosiddetti movimenti automatici e ripetitivi, che la mancanza di dopamina manda a pallino.

A volte attraversando punti angusti e strettoie, mi sono ritrovato a essere inchiodato, come se fossi drogato o ubriaco, come se il corpo non ubbidisse ai comandi, di fatto per un breve momento sono come un estraneo rispetto al corpo, una specie d'ibernazione temporanea, nella quale sono protagonista ma in sostanza anche spettatore, incapace di modificare facilmente la situazione.

A volte è capitato di restare fermo alcuni minuti in attesa di riuscire a muovermi, in sostanza studio i punti di appoggio per fare leva, poi sposto solitamente un piede ed evito di arrestarlo ma simultaneamente metto in tensione i muscoli delle braccia e spingo con i muscoli delle gambe, così la somma di tutte queste leve ha la meglio su quella che in sostanza appare essere come una paralisi.

Non è un caso che uno dei primi nomi della MdP è stato "Paralisi Agitata".

Spesso mi viene in mente la frase attribuita a Archimede: "datemi un punto d'appoggio (o una leva) e solleverò il mondo."

In fondo essere stato un Parà mi aiuta nel fare le capriole per scaricare le cadute, una componente ormai molto familiare al mio stadio di patologia.

Mi trovo a discutere con questo corpo che osservo in tutta la sua goffaggine e lentezza come se avessi un occhio esterno, talvolta mi prendo in giro, altre volte esplode la rabbia, mi riempio di parolacce e imprecazioni, m'insulto, sbeffeggio, esce fuori una forte quota del timbro romanesco:*"m'anvedi come stai? Pè fa dù passi ce metti n'quarto d'ora, pè svità er tappo de n'a bottijetta d'acqua me pare che stai a svità la candela de n'a moto! E poi nun t'areggi n'piedi stai a camminà sur prato e pare che stai a annà co' la corda da n'palazzo a n'artro, eri tanto fico da pischello quanto fai ride oggi, anzi, me fai piagne!"*

Ogni giorno è faticoso, ogni giorno vorrei gettare la spugna, molti amici mi definiscono coraggioso, non ho ben capito a cosa si riferiscono, in realtà riesco a mala pena a fare le cose che devo fare per andare avanti nella giornata.

Il neurologo mi spiega

Il Parkinson è una malattia neurologica quindi il cervello assume dei comportamenti anomali uno di questi e quello di convincermi di essere debole nonostante il tono muscolare sia lo stesso e anzi faccia più ginnastica adesso di quanta non facessi prima di avere questa patologia.

Quindi quando devo fare un movimento che implica uno sforzo, devo coscientemente valutare che effettivamente la forza c'è, quindi qualora fossi bloccato, specialmente nei piedi, cambio posizione, li sposto e in sequenza molto ravvicinata compio il movimento che richiede uno sforzo fisico come per esempio alzarsi da una sedia, dal letto o uscire dall'auto.

Portare in giro questo corpo è faticoso, compiere percorsi richiede molta energia, senza contare il fatto di sentirmi goffo, dopo un po' mi fa male tutto, in particolare la schiena, perché la posizione non è perfetta, infatti il reparto che mi ha in cura si chiama "Disordine del movimento" quando sono sottoposto a stress sento le braccia come intorbidite come se avessi poca forza, scarso controllo delle mani, e i piedi pesanti.

Probabilmente c'è anche qualcosa legato alla dopamina perché a volte aspetto un po' e si normalizza.

Bella Palla!

Un giorno stavamo giocando un doppio misto con degli amici, a un certo punto la mia avversaria se ne esce dicendo: " ma lui gioca da fermo e manda la palla dove vuole, come fa?" Il suo compagno di doppio con indolenza risponde:" braccio! Si chiama braccio ! "

La mia ancora di salvezza che salva capre e cavoli si chiama "bella palla!"

Quando durante il gioco arriva una palla per la quale dovrei fare un guizzo, oppure si tratta di una smorzata, una palla distante, basta esclamare: "bella palla!" e osservare passare la pallina, sia essa da tennis o da Padel e lasciarla sfilare, diamo soddisfazione all'avversario e noi abbiamo un alibi per il punto perso.

Purtroppo a quattro anni dalla diagnosi ho dovuto sospendere sia il Tennis che il Padel, principalmente per i problemi di equilibrio.

Depressione

(Definizione riportata dal sito https://neomesia.com)

Il concetto di depressione è un concetto di patologia specifica anche se adesso la parola depressione è entrata nell'uso comune per definire alcuni stati d'animo o dei sentimenti di tristezza.

Invece depressione vuol dire mancanza di energia, ma una mancanza patologica di energia. In base alla nosologia attuale esiste una forma principale di depressione che viene chiamata disturbo depressivo maggiore e altre forme che non raggiungono i criteri per la diagnosi del disturbo depressivo maggiore e che sono il disturbo distimico, il disturbo ciclotimico e il disturbo dell'adattamento con depressione.

La depressione è la via finale comune di tanti vettori dove un vettore è sicuramente la predisposizione genetica che non significa necessariamente lo sviluppo della sindrome della malattia durante la vita.

Le cause scatenanti spesso sono di tipo affettivo esistenziale oppure anche di tipo medico. Esempio una malattia invalidante o comunque che crea un certo danno alla persona può dare adito all'inizio della sindrome depressiva.

Buona parte delle depressioni poi riconoscono come fattore scatenante l'eccesso di stress.

I sintomi della depressione sono principalmente due. Uno è l’umore depresso per la maggior parte della giornata, per un periodo di tempo congruo, almeno due settimane.

L'altro sintomo cardinale è la perdita degli interessi, cioè le cose che fino a oggi mi hanno interessato, ho amato, mi hanno rappresentato diventano per me piatte, grigie, senza spessore, senza che ci sia una spiegazione logica da poter dare.

Nel Parkinson la depressione è sempre in agguato, molto dipende dal carattere, dalla capacità di fissare degli obiettivi e di riuscire a raggiungerli.

Indubbiamente i momenti di solitudine, nei quali prevale il silenzio e la preghiera è sospesa, la mente si volta indietro e ripercorre i giorni che raccontano in che modo la malattia subdolamente ha preso il controllo del corpo, condizionando ogni momento e ogni aspetto della vita.

In quei momenti la depressione può farsi largo e occupare quel poco posto lasciato libero dalla MdP.

Bisogna valutare la situazione secondo due fattori: "Sei credente in Cristo o no?" Se lo sei, saprai che Lui è in controllo della situazione e che tutto coopera al bene di coloro che amano Dio e se devi affrontare delle difficoltà, queste non saranno mai superiori alla tua capacità di affrontarle.

"Se non sei credente" la tua forza è poca.

"Se ti scoraggi nel giorno dell'avversità, la tua forza è poca." (Proverbi 24:10)

In entrambi i casi le difficoltà sono le stesse, cambia solo il numero e il tipo di strumenti disponibili per affrontarle.

Canna fredda

La canna fredda poggiata non rivela sapori.

E' il dì dell'abbandono

e della partenza

il giorno stancamente avanza

il saluto è dimenticato

il bacio è annullato

l'abbraccio dismesso

Non ci sarà parola che colmi il vuoto

dalle ciglia sgorgherà la fonte triste

Il sorriso non avrà il suo effetto

Il cordoglio prevarrà sulla vanità

Sarà il tuo sguardo inconsapevole ad allontanare il morso cupo, padre del silenzio.

La moto alla fine l'ho data via

In pochi mesi a tre anni dalla diagnosi la situazione fisica è precipitata, alla primavera 2022 lo scooter Piaggio MP3 mi era caduto sul piede sinistro 5 volte, penso che alla sesta sarebbe andato in cancrena, ci sono voluti mesi affinché le abrasioni della caviglia sinistra guarissero.

Ma la moto non l'ho venduta subito, in cuor mio speravo di riprendermi, ma alla fine ho ceduto all'evidenza e l'ho venduta.

Mentre scrivo sono giorni in cui il mio equilibrio è molto precario, non appena mi alzo dalla sedia dopo essere stato seduto per un po', mi gira la testa, se poi mi stiro aiutandomi con una colonna, un palo, un muro, dopo essere stato a lungo piegato in avanti, assumendo una postura captocormica, non è raro schiantarmi a terra, riempiendomi di contusioni.

Qualche giorno fa, entrando in casa ho perso l'equilibrio, ho cercato di reggermi con la porta a vetri, che però si è aperta completamente con la mia spinta, sottraendomi il punto di appoggio rovinando così a terra, è stato un miracolo non essermi tagliato.

Più i giorni passano e più faccio attenzione a evitare le cadute.

Una delle peggiori cadute è stata dai gradini dietro la piscina dai quali sono caduto a peso morto sulla spalla sinistra, semplicemente perdendo l'equilibrio non avendo tre punti d'appoggio ma solo due.

Mi sono trovato al buio da solo per dieci minuti, avendo sbattuto sul cemento la spalla, il gomito e anulare e medio della mano sinistra.

Essere più forte di te
non significa pensare che non esisti, ma ...

Se cado mi rialzo
Se inciampo mi tiro su
Se perdo l'equilibrio afferro un bastone
Se non mi fai muovere, io gioco a Padel
Se mi butti giù la schiena io la raddrizzo
Se tu vuoi vedermi sdraiato mentre mi perdo nel soffitto, sogno.
Se vuoi pietrificare l'espressione del viso, io rido.
Se mi spingi da dietro, nutro i dorsali.
Se mi tiri da davanti, allevo gli addominali.
E se non entra la palla di servizio, batto da sotto.
Mi vorresti apatico e stanco, narro la tua storia.
E se volessi mandarmi via, mi nutro del suo sorriso.
E se tu volessi distruggere la mia vita, resisto.
E se tu vuoi dare la colpa a Dio, io prego e lo ringrazio.
E se volessi togliermi la speranza, celebro la vita.
E se vuoi farmi credere che la vita è finita, io apro la finestra dell'Eternità.

Sintomi non Motori

che Potrebbero Precedere La Manifestazione Clinica Tipica Della Malattia Di Parkinson

- Disturbo comportamentale del sonno REM (RBD –REM Behavior Disorders)
- Iposmia (riduzione dell'olfatto)
- Disfunzione Autonomica
- Stipsi
- Ipotensione ortostatica
- Depressione

La Gondola

La terapia AMPS (Automated Mechanical Peripheral Stimulation) erogata dal dispositivo medico GONDOLA® è un approccio innovativo, non invasivo e non farmacologico che aiuta a migliorare i disturbi motori dovuti a malattie neurodegenerative, come Parkinson e parkinsonismi, o conseguenti a ictus cerebrale e atassie.

L'obiettivo è di migliorare, in particolare, i disturbi del cammino e dell'equilibrio, aiutando a restituire sicurezza e velocità a beneficio della qualità della vita.

Studi clinici, con risultati pubblicati su riviste scientifiche internazionali, hanno dimostrato che la terapia AMPS migliora il movimento attraverso l'attivazione di aree cerebrali coinvolte nella sua gestione. Agisce inoltre sui problemi di equilibrio e permette una riduzione del freezing della marcia.

Nella maggior parte dei casi, il paziente ottiene effetti positivi sul cammino fin dalla prima stimolazione, durante la visita d'idoneità presso un Centro Specializzato GONDOLA®.

I benefici si percepiscono in genere da due a cinque giorni dopo il trattamento, secondo la malattia e della risposta del paziente, e la regolare ripetizione delle stimolazioni GONDOLA® permette di mantenerli nel tempo. In caso d'interruzione del trattamento, gli effetti svaniscono progressivamente.

La AMPS terapia per Parkinson, ictus e atassie non interferisce con le terapie farmacologiche, né con dispositivi come Pacemaker o DBS (Deep Brain Stimulation). Non si tratta di una cura, ma di una terapia da affiancare alle altre, ed è importante che il paziente continui a seguire le indicazioni del neurologo curante.

Uno stile di vita sano e un adeguato esercizio fisico consentono di gestire al meglio la malattia di Parkinson.

Studi clinici hanno mostrato come l'esercizio fisico, supportato da terapie di riabilitazione mirate, consenta di migliorare i sintomi del Parkinson rallentando anche il decadimento fisico.

Le terapie Parkinson sono efficaci se sono costanti nel tempo.

La progressiva perdita delle capacità motorie può causare effetti collaterali: il minor movimento porta a una progressiva riduzione del tono muscolare e delle condizioni generali; la progressiva perdita di autonomia può generare perdita di autostima e fenomeni depressivi; il ridotto equilibrio e i problemi di freezing Parkinson e festinazione causano cadute.

Nelle persone con Parkinson, la riabilitazione fisica rappresenta quindi un elemento fondamentale per il mantenimento di una buona condizione fisica.

Tra le terapie riabilitative sviluppate negli ultimi anni, quella che recentemente ha ottenuto la maggiore attenzione da parte dei medici è la terapia AMPS.

La Gondola bisogna dire che è piuttosto costosa perché il prezzo si aggira intorno ai 7.000 euro e per riceverne i vantaggi bisogna poterla usare a bisogno.

Il funzionamento è molto semplice: si pongono i piedi nel corretto spazio a misura dei plantari, si preme un tasto per porre le testine dell'apparecchio, quindi si ripreme lo stesso tasto per eseguire la routine di novantasei secondi.

Questa è la sequenza:

Posizionare a terra le due Gondole e attaccare tra loro il cavo usb che è in dotazione.

Inserire i piedi ricordando che le ginocchia è bene che formino un angolo di novanta gradi e ci sia uno spazio tra una Gondola e l'altra di almeno 30 cm.

Schiacciare una volta il tasto blu e aspettare che il rumore dei motori smetta e il led che lampeggia diventa fisso.

Quando il led smette di lampeggiare schiacciare un'altra volta il tasto blu e parte la terapia.

Dopo novantasei secondi si sentirà il rumore dei motori che torneranno ad allinearsi e le Gondole si spegneranno, a questo punto mettere calze e scarpe e alzarsi dal posto facendo due passi molto lunghi.

Dopodiché si è pronti per camminare, ricordando che il primo passo sarà sempre più lungo di tutti gli altri.

Molto spesso accade che la mattina mi muova con molta difficoltà, quindi faccio un'applicazione con la "Gondola" e dopo circa quindici minuti, sento le gambe più leggere e "schiette", con passo "snello".

Non sempre l'effetto è molto duraturo, però mi pare di capire che se con più calma e precisione faccio i passi successivi al trattamento, tanto più è efficace l'effetto.

D. “Posso farlo un giorno sì e uno no. In generale quali sono le controindicazioni a farlo più spesso?”

R. “Assolutamente sì, non vi sono contro-indicazioni, anche se è consigliata la mattina, cercando di rispettare gli orari.”

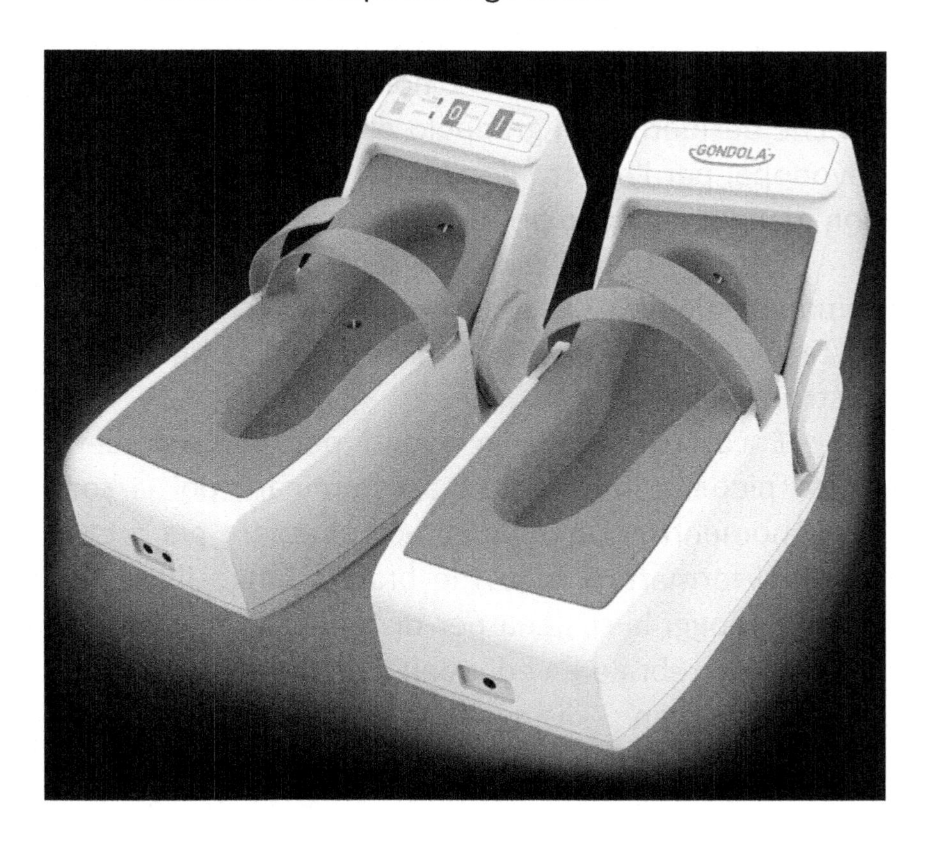

Extraterrestre

Quando soffri di una malattia come il Parkinson sei come un extraterrestre, perché non puoi fare tante cose che le persone intorno a te possono fare agevolmente.

Tu sei diverso, fatichi a camminare piano, a farlo veloce, non riesci a correre non puoi mangiare tutto ciò che desideri, ogni grappolo di ore devi prendere la Levodopa, per l'effetto dopamina, devi stare attento a non mangiare troppo prima, né dopo.

Osservi i tuoi piedi ai quali hai mandato un comando che non è eseguito e quindi cerchi di aggirare l'ostacolo ordinando repentinamente al tuo piede destro: “muoviti!”

E così si muove in avanti per portarsi dietro l'altro piede e iniziare così a camminare poi ci sono quei momenti nei quali dici: vorrei essere già a casa, ma devi fermarti e sollevi le braccia lungo il palo sul quale appoggi la schiena per distendere i muscoli e la colonna vertebrale e vedi quelli che fanno sport che si muovono con disinvoltura, quando tu solo immaginando di fare una piroetta vai giù lungo, a terra.

La dinamica della caduta è molto semplice, le cadute si assomigliano tutte, ti senti stabile e apparentemente sicuro sui tuoi passi, poi è sufficiente un movimento maldestro, urtare un mobile o un oggetto, appoggiarsi su qualcosa d’instabile e si avvia immediatamente una corsa verso un punto distante dal luogo che pochi attimi prima sembrava sicuro, in qualche frazione di secondo calcoli quale sia il danno minore, quali siano i punti da afferrare per recuperare la posizione, la lentezza se n’è andata a farsi benedire un turbinio di pensieri solca la mente, mentre gli occhi come uno scanner ad alta definizione fanno la mappa del punto in cui ti trovi, elaborando afferrabilità, distanza, consistenza, di eventuali punti d'appoggio o sostegno.

La sensazione è simile a quando hai fatto un incidente in moto, ti ritrovi per terra senza sapere neanche come né perché.

Il problema principale in una caduta, quando non ci sono danni, è rialzarsi, mentalmente uno la fa facile, ma una volta che sei finito per terra, è difficile trovare dei punti d'appoggio validi e le forze sono poche.

Volontà

È strano che quando ti trovi a combattere una guerra che oggi hanno detto che è persa, perché così è stato per quelli che ti hanno preceduto, l'hanno già combattuta, perdendola.

Tu la vuoi vincere, anche se fai più fatica a iniziare a combattere, sarebbe più semplice pensare che non ce la puoi fare. In realtà non hai scelta, devi andare avanti, scegliere l'obiettivo quotidiano, anche l'obiettivo orario o addirittura di quell'istante, come alzarsi dalla sedia, scendere dal letto o dall'auto.

Perseguire lo scopo fino al suo raggiungimento, senza esitazione, senza sprecare le forze, misurando ogni aspetto della propria vita, guardandoti intorno nella consapevolezza che sei diverso, non migliore ma diverso, stanco, indebolito, logoro, affaticato.

Allora tenti di capire cos'è la volontà, vorresti comprendere come può essere definita la determinazione:

È molto semplice!

Quando ti trovi seduto e osservi i piedi e non riesci ad alzarti ... resto fermo.

Tutto intorno, ma anche nella tua testa, corre veloce, ma tu sei fermo, in attesa, non sai di cosa.

Sposti le mani cercando di trovare dei punti d'appoggio per fare leva, che ti consentano di alzarti con il minor sforzo possibile, perché il tuo cervello sta dicendo: "Non te la do l'energia per alzarti, perché mi serve per respirare, mi serve per pompare il sangue col cuore e quindi non se ne parla di dartene per alzarti e farti fare una passeggiatina." E senti i piedi come di piombo, fusi col pavimento, allora tiri indietro il piede, non lo fai neanche fermare nella posizione di fine corsa, a quel punto spingi con entrambe le braccia sui braccioli, o sulla seduta, insomma su qualcosa che scarichi a terra la spinta e magicamente il sedere si solleva, attenzione però, perché quello è il momento in cui si cade.

Perciò calma, ci si sofferma un attimo sulla posizione e che direzione prendere, ricordando di stiracchiare il collo, stendere la schiena, poiché quella più sta dritta, meno si cade e meno fa male.

Questo è tutto quello che avviene a livello fisico e mentale quando vedi uno di noi che si alza da una sedia e va a prendersi un oggetto, un caffè o un bicchiere d'acqua.

Acqua

Quando m'immergo nell'acqua ogni dolore, ogni riferimento alla MdP scompare. Se cammino, lo faccio dritto senza sforzo, nessuna posizione che ricordi la "captocormia", in altre parole, la posizione è naturalmente eretta.

Nuotando a dorso senti l'acqua scivolare sotto la schiena che si distende facilmente, ti sembra di volare, osservi il cielo e ti confronti con Dio, il quale è in controllo di ogni cosa, anche della tua malattia, anzi, sai che lui conosce cosa potrebbe farti guarire e in cuor tuo lo invochi, affinché ti sia rivelato il percorso che porta alla guarigione.

Mentre nuoti e galleggi nell'acqua, i dolori scompaiono, un senso di benessere ti avvolge e ti rendi conto di come fosse la tua condizione prima della MdP.

Ecco uno spunto per chi legge e ha buona salute per riflettere su questa realtà, considerando che la vita può riservare delle sorprese, che nel mio caso significano la MdP, familiarizzare con i dolori, spostamenti lenti e complicati da svolgere sebbene un tempo avvenissero in automatico, a occhi chiusi.

Eppure io sono sempre lo stesso, anche se a volte ho la sensazione di trovarmi in questa condizione da sempre.

Ecco però che appena m'immergo avviene una cosa speciale, mi sento perfettamente normale, come ai vecchi tempi, d'altra parte come spiegava un neurologo, il malato di Parkinson non ha menomazioni, non ha danni muscolari, è il cervello che spara una montagna di stupidaggini riguardo alla forza e alla capacità motoria. Chi ha la MdP fa riabilitazione motoria per educare il cervello a fare i movimenti, non si tratta di riabilitazione post traumatica o di debilitazione muscolare.

Non è una vendetta trasversale

Una domanda che mi ha posto la psicologa è stata di chiedermi se pensavo che fosse una punizione divina questa malattia. Lei non lo crede e neanche io. Comunque mi sono messo a riflettere su questa possibilità, da credente, perché non mi comporto in maniera perfetta agli occhi di Dio, d'altra parte in qualità di essere umano posso sbagliare, essendo vivo. Certo da morti non si pecca.

In ogni caso, analizzando la patologia, risulta che questa sia cominciata svariati anni prima della diagnosi, perciò se fosse un atto di Dio, sarebbe cominciato ben prima del mio ipotetico errore scatenante la condanna.

Credo che Dio non faccia il processo alle intenzioni. Non funziona così, al contrario.

Penso sicuramente che l'uomo con la sua avidità e il suo egoismo abbia causato tutti i mali di questa terra, come pure la morte stessa, ma so anche che individualmente il libero arbitrio prevale, poi diciamolo chiaramente, se Dio colpisse una persona ogni volta che questa sbaglia, prima di tutto non imparerebbe nulla, poiché s'impara attraverso gli sbagli, seconda cosa, l'umanità sarebbe stata annientata.

Credo per ciò che mi riguarda che nonostante la mia patologia sia, oggi, irreversibilmente degenerativa e inguaribile, sono convinto che Dio conosca qual è la risposta alla malattia, la cura per lui è nota, a questo punto non c'è motivo per cui non debba rivelarmela.

Mi trovo dunque a stare attento, con le orecchie tese su quanto il Signore potrebbe dirmi riguardo a questa malattia.

Non è detto che riveli la cura, con l'Apostolo Paolo non lo fece, ma mi piace pensare, e voglio farlo, che, non so in che modo, non so quando, faccia qualcosa in questa direzione.

In vita mia è capitato che quando aveva qualcosa da dirmi me l'ha fatto capire e l'ho capito.

D'altra parte questo scorcio di esistenza è comunque a disposizione del Signore, per essere usato al meglio per far conoscere il Vangelo a quante più persone possibile, affinché credano e siano salvate, anche grazie a questa mia malattia. Magari leggendo queste righe.

Se anche una sola persona sarà risparmiata dalla condanna eterna, grazie alla mia MdP, sarà valsa la pena, d'altra parte la vita che conta non è su questo mondo, ma è alla presenza del Signore.

In conclusione per rispondere alla domanda della Psicologa, no, non credo che sia una punizione, ma qualcosa di utile nel disegno globale della nostra esistenza. Poi come si dice a Roma: *"se, se guarisce?... ma magari ce casca"*.

La battaglia più dura

Tutte le guerre hanno diversi aspetti e campi di battaglia, vari scenari, dalla guerriglia al rastrellamento casa per casa, così lo scontro con la MdP ha un aspetto molto importante su base quotidiana.

È a livello mentale. Dove tutto sembrerebbe puntare allo sconforto, il vero lavoro duro, che la persona con MdP svolge, è quello di scegliere delle parole positive, non campate in aria, avere una visione positiva della vita, trasmettere un messaggio positivo, perché tutto questo tornerà utile anche a noi stessi.

La guerra si vince su questo campo di battaglia imparando a essere pazienti, accettare e talvolta solo aspettare, quindi rispettare i nuovi limiti, che abbiano a causa delle caratteristiche della nostra MdP, se si riesce a imparare a vivere seguendo questo pensiero, questa dinamica ci terrà al sicuro se e quando il nostro corpo peggiorerà e i limiti da accettare saranno ancora maggiori.

Un buon allenamento può essere anche quello di riflettere ogni giorno, al risveglio, se c'è una cosa buona che posso fare oggi.

Ringrazio i parenti, i familiari e specialmente gli amici, che spesso, quando li incontro, specialmente dopo molto tempo, li vedo trattenere a stento le lacrime dalla commozione, nel riconoscere come questa MdP sia efficace nel braccarmi nei movimenti, vedo che è come un cazzotto dal basso verso l'alto alla bocca dello stomaco, anch'io mi commuovo nel vedere questo, quanto affetto genuino e spontaneo ci sia verso di me. Il Signore li ricompensi. So che alcuni amici di vecchia data pur essendo di aiuto all'occorrenza, preferiscono non incontrarmi, tanta è forte l'emozione nel vedere l'opera della MdP.

Abbiamo ancora una carta da giocare però, spero presto di scrivere un nuovo capitolo, dal tenore vittorioso... il Signore ci assista.

Libri di Giulio Credazzi

100 Pagine
Distillato d’amore
Amico silenzioso
Profezie della Bibbia, i rami teneri hanno le foglie
Il Giro di Boa
Dal calendario Maya 2012 ad Armagheddon
Da Quota 33 a El Alamein
Oltre il confine della stupidità fiscale italiana
Nero su Bianco
Soluzioni di rete
Il Piano di Dio
Gli Zollari
100 Pages
Silent Friend
The Plan of God
From the Maya calendar to Harmagheddon
The turning Point
La Potenza della Musica

la Potenza della

musica

L'impatto della musica nella vita di un Boomer

giulio credazzi

Realizzazione editoriale: Giulio Credazzi
Realizzazione grafica: Caterina Bonelli
Stampato in proprio

Appunti:

Printed in Great Britain
by Amazon

22114406R00057